내가 아빠를 얼마나 사랑하는지 아세요?

샘 맥브래트니 글 | 아니타 제람 그림 | 김서정 옮김

1판 1쇄 펴낸날 1996년 8월 8일 | 1판 26쇄 펴낸날 2005년 2월 25일 | 펴낸이 정아람 | 펴낸곳 (주)베틀북
등록번호 제16-1516호 | 주소 서울시 강남구 역삼동 726-10 레트로빌딩 3층 (우)135-921
전화 (02)2192-2300 | 팩스 (02)2192-2399 | www.betterbooks.co.kr

Guess how much I love you
First published in 1994 by Walker Books Ltd., London
Text ⓒ 1994 by Sam Mcbratney, Illustrations ⓒ 1994 by Anita Jeram
Korean Translation Copyright ⓒ 1996 by Better Books Co., Ltd.
Translation rights is arranged with Walker Books Ltd., London through KCC, Seoul.
Printed in China. All rights reserved.

ISBN 89-87499-25-1 77840 값 8,000원

내가 아빠를
얼마나 사랑하는지 아세요?

샘 맥브래트니 글 | 아니타 제람 그림 | 김서정 옮김

프뢰벨가족
베틀·북

지은이 샘 맥브래트니(Sam McBratney)

샘 맥브래트니는 더블린의 트리니티 대학에서 역사와 정치학을 공부했습니다.
여러 해 동안 교사 생활을 하다가 지금은 성인 책, 어린이 책의 글쓰기에만 전념하고 있습니다. 《돼지에게 안장을 얹어라》로
1993년 비스토 아동 도서상을 받기도 했습니다.

그린이 아니타 제람(Anita Jeram)

아니타 제람은 맨체스터의 공예 학교에서 일러스트를 공부했습니다.
특별히 동물그리기를 좋아하는 그녀는 개, 고양이, 토끼, 기니피그, 두꺼비, 도마뱀, 뱀, 거북 등을 키우고 있으며
자연이 살아 있는 낙원을 만드는 것이 꿈이라고 합니다.

옮긴이 김서정

중앙대학교 문예창작학과에서 박사학위를 받았고, 독일 뮌헨 대학에서도 공부했습니다.
동화작가, 번역가로 활동중이고 대학에서 아동문학론을 가르치기도 합니다.

이제 아기토끼가
잠을 자야 할 시간입니다.
그런데 아기토끼는
아직도 아빠토끼와 함께
놀고 있어요.

아기토끼는 아빠가 자기 마음을
얼마나 잘 아는지 궁금했어요.
"아빠, 내가 아빠를 얼마나
사랑하는지 아세요?"
아기토끼는 물었습니다.

"글쎄, 잘 모르겠는데."
아빠토끼가 대답했어요.

"이만큼요."
아기토끼는 한껏
팔을 벌리며 말했습니다.

그런데 아빠토끼 팔은
훨씬 더 깁니다.
"아빠는 너를 **이만─큼**
사랑한단다."

'야, 굉장하다.'
아기토끼는 생각했지요.

"나는
아빠를
이만큼
높이
사랑해요."
아기토끼는
말했어요.

"아빠는
너를
이만─큼
높이
사랑한단다."

'야,
굉장히 높다.
내 팔도
저렇게
길었으면.'
아기토끼는
생각했지요.

그 때
아기토끼에게
좋은 생각이
떠올랐습니다.
거꾸로 서서
발을 나무에 대고
높이 올리는
것이었습니다.

"나는 내 발이
올라가는 만큼
아빠를 사랑해요."
아기토끼는
말했어요.

"아빠도 네 발이
올라가는 만큼
널 사랑한단다."
아빠토끼는 아기토끼를
높이 들어올리며
말했습니다.

"나는
이만큼 높이
아빠를 사랑해요."
아기토끼는
웃으면서

깡충깡충

　뛰었어요.

"하지만 아빠는
이만―큼 높이
널 사랑한단다."
아빠토끼도 웃으면서
귀가 나뭇가지에 닿을 만큼
높이 뛰었습니다.

'야, 멋있다.
나도
저렇게
뛸 수 있다면!'
아기토끼는
생각했지요.

"나는 저기 강까지 가는 길만큼
아빠를 사랑해요."
아기토끼가 말했습니다.

"아빠는 강을 지나
저 산 너머까지 가는 길만큼
너를 사랑한단다."
아빠토끼가 말했습니다.

'야, 그건 굉장히 먼 길인데.'
아기토끼는 생각했어요.
　　이제는 졸려서
　　　생각도 잘 안 납니다.

아기토끼는 어두운 하늘을
올려다보았습니다.
　　하늘까지보다
　　　더 먼 길은 없지요.

"나는 아빠를 **달까지**
가는 길만큼 사랑해요."
아기토끼는 눈을 감으면서
말합니다.

"야, 그거 정말 멀구나."
아빠토끼는
말했습니다.
"아주아주……."

아빠토끼는 아기토끼를
풀잎 침대에 눕히고,
몸을 숙여서,

잘 자라는
뽀뽀를
해 주었습니다.

그리고 아기토끼 옆에 엎드려,
미소지으며 속삭였지요.
"아가야, 아빠는 달까지 갔다가,

다시 돌아오는 길만큼
널 사랑한단다."